AF589781

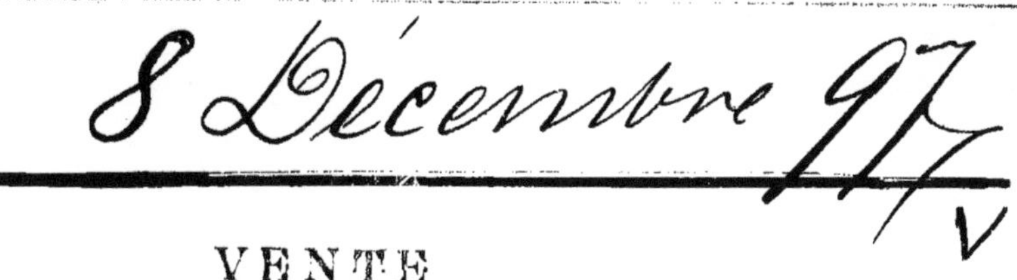

VENTE

Des Mercredi 8 et Jeudi 9 Décembre 1897

HOTEL DROUOT, SALLE No 1

A DEUX HEURES UN QUART

BEAU
Mobilier Ancien

TAPISSERIES

OBJETS D'ART & DE CURIOSITÉ

TABLEAUX

Provenant en majeure partie

DU

CHATEAU de L***

Me F. SARRUS	M. A. BLOCHE
Commissaire-Priseur	*Expert près la Cour d'Appel*
74, Rue Saint-Lazare, 74	28, Rue de Châteaudun, 28

EXPOSITION PUBLIQUE

Le Mardi 7 Décembre 1897

De 2 heures à 6 heures

IMPRIMERIE ARTISTIQUE

E. MENARD & Cie

Bureaux et Ateliers : Paris — 8, Rue Milton

CATALOGUE

D'UN BEAU

MOBILIER ANCIEN

Époques

RENAISSANCE, LOUIS XIV, LOUIS XV & LOUIS XVI

TAPISSERIES

Tentures, Étoffes, Tapis

OBJETS D'ART & DE CURIOSITÉ

BRONZES DES XVIe, XVIIe & XVIIIe SIÈCLES

Porcelaines, Faïences, Cuivres, Grès, Orfèvrerie, Emaux, Fers ouvrés
Marbres, Vases en granit, Tableaux, Aquarelles
Gouaches, Meubles et objets décoratifs de l'Extrême-Orient
Provenant en majeure partie du

CHATEAU DE L***

DONT LA VENTE AURA LIEU

HOTEL DROUOT, SALLE N° 1

Les Mercredi 8 et Jeudi 9 Décembre 1897

A DEUX HEURES UN QUART

Me F. SARRUS
COMMISSAIRE-PRISEUR
74, Rue Saint-Lazare, 74

M. A. BLOCHE
EXPERT PRÈS LA COUR D'APPEL
28, Rue de Châteaudun, 28

EXPOSITION PUBLIQUE

Le Mardi 7 Décembre 1897

DE 2 HEURES A 6 HEURES

CONDITIONS DE LA VENTE

La vente sera faite *expressément* au comptant.

Les acquéreurs payeront en sus des adjudications *cinq pour cent.*

L'exposition mettant le public à même de se rendre compte de l'état des objets, il ne sera admis aucune réclamation une fois l'adjudication prononcée.

Paris. — Imp. artistique E. Ménard & Cie, 8-10. rue Milton.

DÉSIGNATION

Tapisseries

TENTURES, TAPIS

1 — Grande et belle tapisserie à composition intéressante offrant au centre les armes d'Angleterre, de chaque côté des médaillons à petits personnages et des chutes de fleurs. Dans les angles, des figures de centaures et au-dessus des médaillons, des draperies.

2 — Deux beaux bandeaux de cheminée en ancienne tapisserie Louis XIV, dessin d'après Bérain.

3 — Portière en ancienne tapisserie, sujet mythologique.

4 — Panneau en ancienne tapisserie à fleurs.

5 — Tapisserie gothique représentant une verdure, bordure sur deux côtés.

6 — Tapisserie de l'époque Louis XV représentant une verdure.

7 — Tapisserie ancienne représentant une verdure. Epoque Louis XV.

8-9 — Deux panneaux en ancienne tapisserie représentant des volatiles dans des paysages boisés avec vues de châteaux en perspective.

10 — Panneau en ancienne tapisserie d'Aubusson représentant un paysage accidenté avec pagode, cascade et palmier, bordure à ornements. XVIIIe siècle.

11-12 — Deux tableaux en ancienne tapisserie représentant des scènes mythologiques. Epoque de la Renaissance.

13 — Chape en ancienne soierie crème brochée à fleurs, garnie de franges dorées.

14 — Panneau tout brodé de soie à oiseaux et entrelacs fleuris offrant au centre un médaillon : *la Vierge et l'Enfant.* Louis XIII.

15-16 — Deux tapis, fond vert à fleurs.

17 — Panneau en ancienne tapisserie à petits personnages, d'après HUET, bordure sur trois côtés.

18 — Tapisserie ancienne à volatiles, bordure à fleurs.

19 — Tapis de Smyrne, fond rouge à dessin bleu et vert.

20 — Tapis de table en velours ancien et bordure ornée d'applications de la Renaissance.

21 — Trois bandeaux en satin brodé de Chine, décor aux poissons et aux insectes, garnis de petites glaces.

22 — Galerie d'Orient fond bleu bordure crème.

23-29 — Sept tapis d'Orient, dessin polychrome.

30 — Tapis de Chine fond bistre à animaux et volatiles.

31 — Chape en ancienne soierie crème brochée à grands bouquets de fleurs.

32 — Bandeau de cheminée faille blanche brodée d'or et de soie.

33 — Quatre décors de fenêtre en cretonne.

34 — Huit pentes de fenêtres en satin bleu brodé.

35 — Deux portières en satin brodé de Chine encadrées de peluche mordorée.

36 — Bandeau en crêpe de Chine brodé.

37-40 — Douze coussins en peluche et soierie brochée et brodée.

41 — Deux décors de croisée en étoffe laine et soie vert d'eau.

42 — Quatre panneaux en satin brodé de Chine, fond crême à volatiles.

43 — Tapis de Smyrne fond rouge.

Meubles

44 — Très beau meuble Renaissance en bois sculpté flanqué de colonnes cannelées, panneaux des portes tout ornementés, bandeaux à arabesques feuillagées ; le haut forme crédence.

45 — Crédence Renaissance en bois sculpté; le haut offrant des personnages dans des niches est supporté par des colonnes, le bas ouvrant à une porte représente en bas-relief Vénus assise dans un char conduit par l'Amour.

46-47 —Deux encoignures en bois noir sculpté rehaussé d'or, porte offrant des arcs et des carquois, dessus en marbre du Languedoc. Époque Louis XVI.

48 — Grande et belle stalle Renaissance de forme monumentale en bois sculpté ; le haut à chapiteau est supporté par deux colonnettes accotoirs ornés de lions héraldiques.

49 — Bureau style oriental orné d'incrustations de nacre et de bois, dessus en cuir.

50 — Banquette en bois sculpté. Style Renaissance.

51-52 — Deux coffres en bois sculpté à ornements et écussons montants à cariatides. XVIIe siècle.

53 — Horloge forme cage, avec clocher en fer forgé et ajouré. XVIe siècle.

54 — Crédence en bois sculpté à têtes d'hommes, oiseaux chimériques et cariatides. Style Renaissance.

55 — Trois fauteuils couverts en velours rouge brodé à volatiles.

56 — Chaise en marqueterie de bois à fleurs et d'ivoire. Style Louis XIII.

57 — Ameublement de salon en bois sculpté et doré, couvert en satin noir brodé de soie à ornements fleuris, composé de deux canapés, deux fauteuils, deux chaises, et deux bergères couvertes en satin vert et satin jaune. Style Louis XVI.

58 — Deux bergères en bois sculpté et doré du Ier Empire, couvertes en velours rouge brodé de soie et d'argent.

59 — Meuble crédence en bois inscrusté de burgau, d'ivoire teinté et de nacre, dessin à vases fleuris. Style Renaissance.

60 — Stalle gothique en bois sculpté et ajouré à ogives, rosaces et ornements.

61 — Deux grosses colonnes à cannelures en bois sculpté rehaussé d'or, le haut à chapiteaux corinthiens. XVIIe siècle.

62 — Crédence en noyer sculpté flanquée de colonnettes, panneau de la porte offrant le *Triomphe de Pomone.* Style XVIe siècle.

63-64 — Deux vasques en cuivre jaune, anses à mufles de lions, sur supports en bois noir sculpté dans le goût chinois, à têtes d'éléphants.

65 — Table ronde en bois noir, garnie de bronzes, pieds à griffes de lion.

66 — Petite table à volets en bois noir et filets de cuivre.

67 — Deux colonnes en bois noir sculpté à côtes tournantes.

68 — Meuble cabinet en bois noir et écaille rouge, inscrusté d'ivoire gravé à arabesques et amours. Style XVIe siècle.

69 — Grande glace biseautée avec cadre en

bois sculpté et doré, à branchages fleuris et chimères ailées. Style Louis XIV.

70-71 — Deux glaces biseautées avec cadres en bois sculpté et doré, à amours et rocailles Louis XV.

72 — Belle commode de forme ventrue en bois de rose et marqueterie de bois à fleurs garnie de bronzes ciselés et dorés, ouvrant à trois tiroirs, dessus en marbre gris. Époque Louis XV.

73 — Deux bergères en noyer sculpté rehaussé d'or par parties à perlés et rais de cœur, couvert en soierie rayée. Style Louis XVI.

74 — Beau meuble en bois de Teck incrusté de nacre, décor à paysages et fleurs. Travail chinois.

75 — Écran chinois formant bureau, en laque fond vert aventuriné d'or et médaillon à personnage et volatiles.

76 — Bureau ouvrant à dos d'âne, en bois marqueté garni de bronzes. Louis XV.

77 — Deux fauteuils en bois sculpté, pieds X avec coussins en ancienne tapisserie.

78-79 — Deux banquettes d'angle en bois sculpté et doré à chutes de fleurs, couverte en ancienne soierie crème brochée à feuillages fleuris. Style Louis XV.

80 — Table à thé en bois marqueté et gravé. Travail dans le goût japonais.

81 — Chaise de forme dite Isabelle en noyer sculpté, couverte en peluche avec bandes de velours frappé.

82 — Tabouret en bois sculpté et doré, dessus en velours rouge avec bande en ancienne soierie brochée. Style Louis XIV.

83 — Étagère en laque ornée d'ivoire. Travail japonais.

84-85 — Deux supports en bois de fer sculpté, dessus en marbre.

86 — Lit de milieu tout garni d'ancien brocart fond rose à grands ramages de fleurs, encadrée de peluche vieux rose.

87 — Psyché ovale, en bois sculpté peint blanc et rehaussé d'or à fleurs, feuillages et couronne. Style Louis XV.

88 — Canapé couvert en ancienne soierie bleu pâle brochée à fleurs et gaîné de peluche.

89 — Canapé d'angle couvert en satin rose brodé avec draperie de peluche verte.

90 — Tabouret en bois couvert de soiere bleue pâle brochée à fleurs.

91 — Canapé-lit avec ses matelas, couvert en satin et peluche bleu pâle brodée à fleurs.

92-93 — Deux tabourets de forme octogone, en bois incrusté de nacre. Travail oriental.

94 — Glace d'entredeux avec cadre en bois sculpté et doré Louis XV.

95 — Glace biseautée avec cadre doré Louis XIV.

96 — Glace avec cadre en bois sculpté à rocailles et mufles de lions. Époque Louis XV.

97 — Écran de Chine en bambou, avec feuille en satin noir brodé de soie.

98 — Lampe de parquet en bambou forme perchoir.

99 — Grande toilette en bois sculpté dans le goût chinois, dessus en marbre blanc.

100 — Petit meuble cabinet en bois incrusté de nacre. Travail du Tonkin.

101 — Cabinet en bois sculpté à nœuds, glands et têtes d'hommes, sur table à pieds torses. XVIIe siècle.

102 — Petite table à ouvrage en vernis Martin, décor à personnages.

103 — Bureau de dame en noyer sculpté rehaussé d'or. Style Louis XV.

104 — Divan en satin vert broché garni de peluche rose.

105 — Table à jeu en acajou et filets de cuivre Louis XVI.

106 — Table en bois sculpté, pieds à dauphins. Style Renaissance.

107 — Marquise en bois sculpté et doré, couvert en soierie fond vert. Style Louis XV.

108 — Fauteuil en bois sculpté et doré, couvert en même soierie. Style Louis XVI.

109 — Chaise en bois sculpté et doré à nœuds de rubans, rais de cœur et perlés, couvert en velours de Gênes,

110 — Lustre à huit lumières en verre de Venise.

111 — Deux fauteuils et deux chaises en étoffe rose garnie de broderies.

112 — Table gigogne laquée.

113 — Ameublement de chambre à coucher en acajou et filets de cuivre, style Louis XVI, composé d'un lit de milieu, une armoire ouvrant à trois portes, celle du milieu avec glace biseautée, une table de nuit et un secrétaire.

114 — Chiffonnier en acajou et moulures de cuivres. Époque Louis XVI.

115 — Petit cabinet en laque de Chine.

116 — Bureau de dame en acajou et filets de cuivre, portes ornées de fixés sur verre. Époque Louis XVI.

117 — Petite table de nuit en bois de rose et marqueterie de bois garni de bronzes. Louis XVI.

118 — Fauteuil en bois sculpté, accotoirs à têtes de faune.

119 — Meuble étagère en bois sculpté à oiseaux chimériques, têtes d'hommes, serrure en fer découpé, époque gothique, sur marche couverte de moquette rouge.

120 — Porte-parapluies en bois noir.

121 — Deux fauteuils et deux chaises portugais en bois sculpté et cuir repoussé, garnis de clous en cuivre. XVIIe siècle.

122 — Deux chaises à hauts dossiers analogues.

123 — Table rectangulaire en bois sculpté, pieds à pilastres. Style Renaissance.

124 — Statue de singe assis sur un rocher, bois sculpté formant présentoir.

125 — Deux fauteuils en certosine.

126 — Deux chaises en bois sculpté. Style flammand.

127 — Guéridon en bois noir sculpté.

128 — Banquette de coin en bois doré et soierie ancienne brochée. Style Louis XV.

129 — Glace avec cadre en bois noir. XVIIe siècle.

130 — Lit à colonnes avec son baldaquin en bois sculpté. Style Renaissance.

131 — Canapé et six fauteuils en bois sculpté à têtes d'hommes, couvert en velours vert brodé. Style Louis XIII.

132 — Canapé analogue couvert en étoffe de fantaisie.

133 — Onze chaises en bois sculpté à têtes de lions, couvertes de cuir brun clouté.

134 — Six chaises en acajou et cuir vert.

135 — Table à thé en palissandre noirci avec galerie de cuivre.

136 — Quatre portes, le bas en bois sculpté, le haut garni de vitraux anciens.

137 — Piano à queue d'Erard en palissandre.

138 — Ameublement de salon composé de sept pièces en bois laqué blanc et rehaussé d'or, couvert en soie brochée. Style Louis XVI.

139 — Vitrine style Louis XVI ornée de bronzes, ciselés et dorés.

140 — Table garnie de bronzes ciselés et dorés. Style Louis XVI.

141 — Jolie petite table bureau en marqueterie de bois à rosaces et losanges. Louis XVI.

Objets d'Art

142 — Groupe en marbre : *Bacchante lutinant le dieu Pan*. Signé Breitel.

143 — Très beau buste en marbre : *La Dubarry*. Attribué au xviiie siècle.

144 — Beau groupe en bronze : *Le Myosotis*, de Mathurin Moreau. Socle en marbre griotte.

145 — Paire de grands candélabres à figures

portant des bouquets de six lumières, sur socles en marbre.

146 — Groupe en bronze : *Les Baigneuses*, d'après BOUCHER.

147 — Paire de grands vases en marbre blanc, monture en bronze à sirènes. Louis XIV.

148 — Deux chenêts à figures en bronze, parties foncées et dorées. Style Louis XV.

149 — Paire de petits candélabres en bronze à trois lumières, formés par des figurines d'enfants.

150 — Paire de bras d'applique Ier Empire à trois lumières en bronze doré à têtes de lions.

151 — Buste en bronze : *Vestale*, socle marbre.

152 — Deux statuettes marbre : *Psyché et l'Amour*, d'après FALCONNET.

153 — Deux éléphants en porcelaine de Saxe, monture en bronze. Style Louis XV.

154 — Deux petits vases en bronze, sur socle marbre bleu turquin. Style Louis XVI.

155 — Deux statuettes en bronze : *La Sultane et le gardien du sérail.*

156 — Grand plat en porcelaine de Vienne, encadré.

157 — Vase en porcelaine tendre, monture bronze.

158 — *Enfant à la pomme*, bronze d'après PIGALLE.

159 — Belle garniture de cheminée en bronze ciselé et doré composée d'une pendule

représentant *un amour et un bacchant* assis près d'un vase de fleurs et de deux candélabres à sept lumières, sur socles en marbre garni d'entrelacs fleuris. Style Louis XVI.

160 — Statuette équestre en bronze doré représentant *Charles II d'Espagne*, socle en marbre blanc garni de bronzes XVIIe siècle.

161 — Statuette équestre : *Maréchal en armure* en bronze, patine foncée sur piédestal en porphyre et marbre de Sienne. XVIIe siècle.

162 — Deux potiches en porcelaine genre Chine famille rose à volatiles et jardinières fleuries, couvercles surmontés de chimères.

163 — Statuette en albâtre: *Nymphe agenouillée*.

164-165 — Deux groupes en bronze : *Enlèvement de Déjanire* et *Enlèvement d'Europe*, socles en marbre rosé.

166 — Paire d'appliques à trois lumières en bois sculpté et doré représentant des dais avec draperies, sur fond de glace. Époque Régence.

167 — Potiche en porcelaine genre Chine décor à volatiles et branchages fleuris.

168 —Deux cornets en vieux japon décor à cigognes et fleurs en polychrome et or.

169 — Statuette de petit faune en marbre, socle en marbre bleu turquin.

170 — Jolie pendule en bronze ciselé et doré représentant *Vénus sur son char tiré par deux colombes et suivie de l'Amour*, socle en marbre blanc garni d'arabesques en bronze doré. Travail de style Louis XVI de la maison MARQUIS.

171 — Quatre cornets en porcelaine genre Chine décor à volatiles et fleurs.

172 — Deux vases avec couvercles à cannelures, dessin à fleurs en faïence de Gênes.

173 — Fontaine en cuivre rouge repoussé. Louis XIII.

174 — Garniture de cheminée en onyx d'Algérie et bronze composée d'une pendule surmontée d'un groupe : *Psyché et l'Amour*, signé : DEVAUX et de deux candélabres formés de nymphes portant des rinceaux à six lumières.

175 — Deux potiches en émail de la Chine fond bleu à médaillons de personnages.

176 — Deux flambeaux en cuivre gravé et ciselé. XVIe siècle.

177 — Groupe en faïence de Lunéville : *Les savetiers*.

178 — Deux vases en émail cloisonné du Japon.

179 — Deux petites glaces médaillons avec cadres en bois sculpté et doré à feuillages.

180 — Paire de chenêts en bronze forme clochers avec chimères ailées. Style gothique.

181 — Coupe en vieux Chine à fleurs, monture bronze. Style Louis XV.

182 — Paire de flambeaux à doubles branches en bronze avec figurines.

183 — Deux petits cornets en émail cloisonné du Japon.

184 — Coffret en cuivre intérieur capitonné de satin bleu.

185 — Quatre petites salières en argent à

guirlandes de roses et nœuds de rubans. Style Louis XVI.

186 — Moutardier en argent à amours et guirlandes de fleurs. Louis XVI.

187 — Deux grands plats en porcelaine de la China décor à fleurs, bordure à feuilles de laurier.

188 — Sucrier en argent à amours tenant des guirlandes de fleurs et nœuds de rubans, couvercle surmonté d'un petit amour. Style Louis XVI.

189 — Petit cendrier en argent, bordure à rocailles. Style Louis XV.

190-196 — Sept plats et plateaux de différentes grandeurs en métal argenté.

197 — Deux vases en granit clair sculpté à côtes tournantes, anses forme serpent XVIIIe siècle.

198 — Vasque en porcelaine de Chine décor bleu à entrelacs fleuris.

199 — Plat en faïence italienne : *Rébecca à la fontaine.*

200 — Plaque en émail de Limoges : *Scène maritime,* allégorique et biblique, cadre en bois noir sculpté. Signé du monogramme P. P.

201 — Six assiettes en ancienne faïence de Delft, décor en bleu.

202 — Cinq assiettes en ancienne porcelaine de Chine famille rose décor à fleurs.

203 — Assiette à bords contournés en porcelaine d'Allemagne.

204 — Théière en ancienne faïence de Strasbourg, décor au Chinois.

205 — Deux seaux en ancienne faïence de Rouen de forme octogonale et à cannelures, décor en bleu à lambrequins.

206 — Vase de forme aplatie en porcelaine, décor à fleurs.

207 — Deux pommes d'escalier forme fleurs en porcelaine de Chine.

208 — Brûle-parfums, forme chimère, en ancien bronze de Chine.

209 — Seau en cuivre repoussé : *Scène du Nouveau Testament.*

210 — Deux seaux en cuivre, style Louis XIII, anses à mufles de lions.

211 — Deux plateaux ovales en émail cloisonné du Japon.

212 — Deux tubes en porcelaine du Japon, décor en bleu.

213 — Brûle-parfums en porcelaine de Chine, décor à entrelacs fleuris, couvercle ajouré et grillagé.

214 — Deux candélabres à trois lumières en bronze. Style Renaissance.

215 — Trois plateaux en bois du Tonkin, incrusté de burgan.

216 — Jardinière en bronze ciselé et doré à guirlandes de fruits, feuilles d'acanthe et de laurier. Style Louis XVI.

217 — Deux jardinières octogonales en bronze de Chine, décor en relief à dragons.

218 — Deux potiches en ancienne porcelaine de Chine famille verte, décor à personnages.

219 — Deux seaux en cuivre rouge repoussé à volatiles. Louis XIII.

220 — Deux potiches en faïence de Delft, décor en bleu.

221 — Deux statues d'amours en biscuit.

222 — Deux vases en faïence genre persane, décor bleu turquoise.

223 — Grille en fer forgé. Époque XVIe siècle.

224 — Grande pendule en porcelaine d'Allemagne.

225 — Deux bouquetières en porcelaine de la China, forme éventails.

226 — Buste en biscuit : *Nymphe.*

227 — Buste en biscuit : *Diane.*

228-229 — Deux lustres en bronze, ornés de cristaux. Louis XIV.

230 — Deux seaux en cuivre jaune. Louis XIII.

231 — Deux consoles d'applique en bois sculpté et doré à têtes de satyres.

232 — Console d'applique en bois sculpté et doré : *Amour tenant une draperie.*

233 — Lampe persane en cuivre ajouré.

234 — Deux girandoles Louis XVI en bronze poli garni de cristaux.

235 — Deux vases de Sèvres, décor jaspé.

236 — Seau en porcelaine de l'Inde à armoiries.

237 — Deux consoles d'applique, forme chimères ailées, en bronze.

238 — Deux grands vases en faïence italienne à personnages, sujets mythologiques.

239 — Grande vasque en porcelaine de Chine, décor en bleu à paysages, sur pied en bambou.

240 — Deux jardinières en faïence de Marseille à fleurs.

241 — Deux bouteilles en porcelaine de Saxe, décor à fleurs en relief dit à la boule de neige.

242 — Groupe en marbe : *Psyché et l'Amour*, d'après CANOVA.

243 — Cinq chimères en ancien bronze de Chine.

244 — Deux vases en porcelaine d'Allemagne, fond bleu turquoise, médaillons à personnages, socles en bronze. Style Louis XV.

245 — Deux supports d'applique en bois sculpté peint et rehaussé d'or, forme nègres. Travail vénitien.

246 — Grande divinité ancienne en bois sculpté et doré. Travail chinois.

247 — Deux bouteilles en faïence italienne, décor à petits médaillons et ornements, anses à têtes de satyres.

248 — Vase en bronze du Japon, décor en relief à insectes.

249 — Seau en porcelaine du Japon, décor en bleu, rouge et or.

250 — Deux vases en porcelaine d'Allemagne, décor bleu truité et petits personnages chinois.

251 — Tasse et soucoupe en porcelaine à la Reine, décor à guirlandes de roses.

252 — Coupe en verre de Venise, anse avec chimère ailée.

253 — Petite vache en faience de Delft.

254 — Brûle parfums en porcelaine de Tournai décor à guirlandes de fleurs et rubans bleus.

255 — Groupe de trois nymphes en biscuit sur socle en porcelaine. Ier Empire.

256 — Paire de flambeaux formé de figurines en porcelaine dans des branchages fleuris en bronze. Style Louis XV.

257 — Bouquetière en faïence de Moustiers.

258 — Tasse et soucoupe en porcelaine de Saxe fond gros bleu avec vue de pont et bouquets de fleurs.

259 — Paire d'appliques à cinq lumières en bronze doré.

260-261 — Trois grands bols en porcelaine de Chine.

262 — Deux petits flambeaux en bronze doré.

263 — Deux petits vases bronze du Japon.

264 — Très jolie pendule à quatre faces en bronze ciselé et doré avec nombreux cadrans gravés. Travail allemand du XVIe siècle.

265 — Paire de flambeaux à deux branches en cuivre. Style Louis XVI.

266 — Paire de vases de Kronenburg, décor pointillé bleu à volatiles et animaux.

267 — Pendule en porcelaine blanche, cadran signé Balthazard.

268 — Quatre plats cuivre repoussé.

269 — Deux bouteilles de Sèvres fond gros bleu relevé d'or.

270 — Petit cabinet en vieux laque incrusté de nacre.

271 — Suspension-jardinière à six lumières en émail cloisonné de Chine et bronze fumé.

272 — Paire de flambeaux Louis XIV en étain, décor gravé.

273 — Jardinidre en étain ciselé à rocailles. Style Louis XV.

274 — Paire de potiches en faïence d'Imari décor polychrome.

275 — Petite corbeille du Japon en antimoine rehaussé d'or.

276 — Garniture de trois pièces en antimoine rehaussé d'or.

277 — Encrier de Chine en marbre et métal cloisonné.

278 — Jardinière en bronze du Japon forme rectangulaire.

279 — Vase en bronze du Japon.

280 — Paire de vases en cloisonné de Chine, fond bleu forme lobée.

281 — Deux vases forme dauphins, en porcelaine de Chine.

282 — Deux chimères en Satzuma flambé.

283 — Deux Koros en Satzuma, décor à personnages.

284 — Plat en antimoine rehaussé d'or.

285 — Corbeille en antimoine.

286 — Sujet japonaisen grès de Bizen.

287 — Vase japonais en grès émaillé.

288 — Paire de vases en cloisonné du Japon fond bleu.

289 — Paire de vases en antimoine.

290 — Deux poignards monture antimoine.

291 — Vase en bronze du Japon.

292 — Jolie paire de girandoles formées par des vases en Satzuma.

293 — Deux jardinières en porcelaine de Chine.

Tableaux, Dessins

CHARDIN

294 — *Femme dessinant.* Crayon.

MIGNARD

295 — *Portrait de femme.* Dessin.

SALA

296 — *Duellistes espagnols au Moyen Age.* Deux aquarelles.

WILLETTE

297 — *Sarah Barnum.* Dessin à la plume.

WILLETTE

298 — *Le Croque-mort.* Dessin à la plume.

ÉCOLE ESPAGNOLE

299 — *Le triomphe de la Religion.*

ÉCOLE FRANÇAISE

300-302 — *Vases fleuries.* Trois natures mortes. Cadres bois sculpté.

ÉCOLE ITALIENNE

303 — *Portrait de femme.* Cadre en bois sculpté et doré.

ÉCOLE MODERNE

304 — *Paysages.* Deux aquarelles.

ÉCOLE MODERNE

305 — *Marine.*

306 — *Paysage*

307 — Objets omis.

www.ingramcontent.com/pod-product-compliance
Ingram Content Group UK Ltd.
Pitfield, Milton Keynes, MK11 3LW, UK
UKHW021951260726
13994UKWH00004B/1666